Vente du Jeudi 7 Juin 1877

HOTEL DROUOT, SALLE N° 1

OBJETS DE CURIOSITÉ

ET

D'AMEUBLEMENT

ÉTOFFES

EXPOSITION PUBLIQUE : le Mercredi 6 Juin 1877

DE UNE HEURE A CINQ HEURES.

COMMISSAIRE-PRISEUR :	EXPERT :
M° CHARLES PILLET	M. CHARLES MANNHEIM
10, rue de la Grange-Batelière.	7, rue Saint-Georges.

CATALOGUE

DES

OBJETS DE CURIOSITÉ

ET

D'AMEUBLEMENT

Porcelaines de Sèvres, de Saxe et de Chine; Bronzes;
Grande Coupe et Piédestal en marbre;
Bijoux; Miniatures; Objets variés; Boiseries Louis XV et Louis XVI;
Pendules Louis XIV;
Commodes et autres Meubles des époques Louis XV et Louis XVI; Glaces avec
cadres en bois sculpté et doré;
Canapés et Fauteuils couverts d'étoffes de soie et de tapisserie;
Négrillons formant torchères;

TABLEAU ANCIEN — ÉTOFFES ET TAPISSERIES.

DONT LA VENTE AURA LIEU

HOTEL DROUOT, SALLE N° 1

Le Jeudi 7 Juin 1877,

A DEUX HEURES.

Par le ministère de Me CHARLES PILLET, Commissaire-Priseur
10, rue de la Grange-Batelière,

Assisté de M. CHARLES MANNHEIM, Expert, 7, rue Saint-Georges

Chez lesquels se trouve le présent catalogue.

EXPOSITION PUBLIQUE : Le Mercredi 6 Juin 1877,

De une heure à cinq heures.

CONDITIONS DE LA VENTE.

Elle sera faite au comptant.

Les acquéreurs payeront en sus des adjudications, *cinq pour cent* applicables aux frais.

L'Exposition mettant le public à même de se rendre compte de l'état des objets, il ne sera admis aucune réclamation une fois l'adjudication prononcée.

Paris. — Typ. PILLET et DUMOULIN. 5, rue des Grands-Augustins.

DÉSIGNATION DES OBJETS

PORCELAINES

1 — Deux grandes et belles tasses de forme arrondie avec soucoupes en vieux Sèvres, pâte tendre, fond bleu turquoise à médaillons d'oiseaux. Epoque Louis XV.

2 — Six coquetiers dont quatre en vieux Sèvres, pâte tendre, et deux en vieux Saxe, décorés de fleurs.

3 — Petite tasse à deux anses avec couvercle et deux soucoupes en ancien Sèvres, pâte tendre, décorées de fleurs.

4 — Guéridon formé d'un plat en vieux Japon monté sur deux vases de même porcelaine et bronze.

5 — Pitong en vieux Chine décoré de fleurs.

6 — Bol en ancienne porcelaine de Chine à décor en camaïeu bleu à personnages.

7 — Tasse avec soucoupe en porcelaine de Nymphen-
bourg à bandes bleues et fleurs.

8 — Deux petits vases en forme de balustre aplati en
ancienne porcelaine de Chine, décor dit à mandarins.

9 — Deux encriers forme boule en vieux Japon montés
en argent.

10 — Trente-deux assiettes en ancienne porcelaine de
Locré, décorées de fleurs.

11 — Douze assiettes du temps de Louis XVI en porcelaine
dure à décors variés.

12 — Quatre compotiers et deux raviers décorés de fleurs.

13 — Vase en forme de rouleau en vieux Japon à décor
bleu.

14 — Quatorze assiettes en vieux Japon à décor bleu.

15 — Coupe imitation de Saxe en forme de nacelle avec
figure sur la poupe.

16 — Cinq plats et cinq assiettes en porcelaine de la Chine,
du Japon, et autres à décors variés.

17 — Onze pièces diverses : tasses et soucoupes à décors
variés.

18 — Quatorze tasses avec soucoupes en porcelaine de
l'Inde.

19 — Quatre plats, deux compotiers et un beurrier, ce der-
nier en porcelaine de Locré.

20 — Pot-à-eau avec cuvette en porcelaine de Locré à
médaillons roses et grisaille.

21 — Service en ancienne porcelaine de l'Inde, décoré de
fleurs et d'oiseaux. Il se compose d'environ soixante-
dix pièces.

22 — Trois plats ronds en vieux Chine dont deux décorés
de fleurs émaillées.

23 — Deux plats longs en vieux Chine, l'un deux décoré
de fleurs et d'oiseaux en émaux de la famille verte.

24 — Deux plats longs en vieux Chine à décor bleu.

25 — Joli petit vase forme dite pot-pourri en vieux Chine
à décor de fleurs en émaux de la famille rose.

26 — Petit flambeau-cassolette en porcelaine de Berlin
à décor d'or.

27 — Tasse en porcelaine de Berlin décoré des lettres C.W.
formées de fleurs.

28 — Seize assiettes en vieux Chine à décors variés.

29 — Petit vase sur pied carré en biscuit de Wedgwood à figures et ornements blancs sur fond bleu.

30 — Deux vases en porcelaine de Chine de 60 centimètres de hauteur à médaillons de personnages.

31 — Deux autres vases en forme de balustre à deux anses.

BRONZES

32 — Deux petits bras-appliques de style Louis XVI, en bronze doré, à trois branches à rinceaux et cariatides d'enfants souffleurs.

33 — Deux petits chenets Louis XV en bronze, à figures chinoises, sur socles rocaille.

34 — Pendule du temps de la Restauration, en bronze doré au mat, en forme de corne d'abondance.

35 — Deux petits bustes en bronze : Bossuet et Fénelon.

36 — Lustre en bronze et dorure.

37 — Statuette d'Apollon en bronze, sur socle carré, du temps de Louis XIV, en bois et bronze.

38 — Brûle-parfums formant fontaine, en bronze du Japon, à anses dragons et couvercle, surmonté d'une divinité.

39 — Deux petits bustes en bronze doré, sur socles en marbre blanc : Voltaire et Rousseau.

40 — Mortier en métal de cloches, à couronnes et rosaces en relief.

41 — Pendule du temps de Louis XVI à figure de femme en bronze doré.

OBJETS VARIÉS

42 — Grande coupe du temps de Louis XIV, en marbre de Flandres, sculpté à côtes en spirale, sur pied moderne en fonte. Hauteur totale, 1 m. 50 environ.

43 — Piédestal carré en marbre blanc et rouge de Flandres, d'environ 1 m. de hauteur.

44 — Petit vase à couvercle en noix de coco, garni d'une jolie monture en cuivre ciselé et doré du xvie siècle.

45 — Grand tableau de l'école française : portrait de femme vue à mi-corps, suivie d'un négrillon ; dans un beau cadre en bois sculpté du temps de Louis XIV.

46 — Vielle à manche formé d'une tête de femme en bois sculpté.

47 — Coffret carré, couvert en tapisserie au petit point à fleurs et figures.

48 — Grosse montre émaillée, par D. André. La cuvette représente le sujet de la Charité romaine.

49 — Autre montre en or guilloché.

50 — Petits ciseaux en forme d'oiseau en argent.

51 — Tabatière rectangulaire en cuivre gravé.

52 — Couvert à manches d'agate orientale, et gaîne garnie en argent.

53 — *Abrégé de la vie de sainte Agathe, par N. Arlou, 1722, à Meaux*. Manuscrit dédié à *S. A. R. Louise-Adélaïde d'Orléans, princesse du sang, abbesse de Chelles*. Reliure en maroquin rouge, doré au fer, et portant les armes de la maison d'Orléans.

54 — Petite coupe ronde et profonde en agate, avec anses serpents et guirlandes.

55 — Seau à frapper le champagne, du temps de Louis **XIV**, en cuivre argenté.

56 — Jardinière oblongue de même travail.

57 — Petit buste de femme en terre cuite, le sein découvert.

58 — Mascaron d'angle en faïence allemande, décoré en couleurs.

59 — Miniature ovale sur ivoire : portrait du duc de Reichstadt.

60 — Miniature ovale sur ivoire : portrait de jeune fille, d'après Greuze.

61 — Manche de couteau en bronze doré, orné d'une cariatide de femme, xvi° siècle.

62 — Statuette de divinité chinoise debout, en bois sculpté.

63 — Clef Louis XV à tête en bronze et fourchette à manche de porcelaine, à décor bleu sur blanc.

64 - 65 — Diverses gravures encadrées.

66 — Épée Louis XV à poignée d'argent.

67 — Couteau de chasse garni en argent.

68 — La vie de saint Paul ; manuscrit italien contenant quarante-quatre dessins à l'encre de Chine.

69 — Deux magots en bois sculpté de 80 cent. de hauteur, provenant du Cambodge. Travail ancien.

70 — Belle boule de cristal de roche.

71 — Deux énormes coquilles dites bénitiers.

72 — Buire et plateau en faïence italienne moderne, à décor dans le style des faïences d'Urbino.

MEUBLES

73 — Lot de belles boiseries des époques Louis XV et Louis XVI, variées de décors.

74 — Table ronde du temps de Louis XVI, en bois d'acajou à quatre pieds reliés par une tablette d'entre-jambes, à dessus de marbre blanc et garnie d'une galerie en cuivre découpé.

75 — Jolie commode Louis XVI, en marqueterie de bois à fleurs et vases, garnie de bronze et à dessus de marbre.

76 — Commode Louis XV, de forme contournée en bois de placage et garnie de bronzes.

77 — Commode Louis XV, en bois laqué, garnie de bronzes et à dessus de marbre.

78 — Console d'entre-deux en bois d'acajou avec tablette d'entre-jambes et dessus de marbre.

79 — Console analogue, mais en mauvais état.

80 — Régulateur en bois de placage, garni de quelques ornements de bronze.

81 — Petite table à ouvrage Louis XV, en marqueterie de bois.

82 — Encoignure en bois de placage et à dessus de marbre.

83 — Deux tables-servantes du temps de Louis XVI, en acajou, avec dessus de marbre.

84 — Lit Louis XVI, en bois sculpté et peint en blanc, garni de damas rouge.

85 — Bureau à cylindre avec casier au-dessus formant bonheur du jour en bois d'acajou du temps de Louis XVI.

86 — Tric-trac en bois d'acajou, avec ses dames.

87 — Guéridon en acajou, à dessus de marbre.

88 — Deux glaces ovales avec larges cadres formés de rinceaux en bois sculpté et doré.

89 — Pendule de style Louis XIII, en marqueterie des trois parties, quatre colonnes détachées et garniture de bronze doré.

90 — Commode ancienne en bois de placage, garnie de bronzes.

91 — Secrétaire en marqueterie de bois garni de bronzes. Époque Louis XVI.

92 — Cabinet espagnol en bois doré, sur support en bois sculpté à colonnettes.

93 — Quatre glaces-appliques gravées à figures, avec encadrements rocaille en bois sculpté et doré.

94 — Deux jolis petits canapés de style Louis XV, en bois sculpté et doré, à dossiers surmontés d'un groupe de colombes. Ils sont couverts d'étoffe de Chine brodée à fleurs sur fond de soie jaune d'or.

95 — Grand bureau plat de style Louis XV, en bois noir garni d'ornements rocaille en bronze et à dessus de velours.

96 — Grand canapé en bois noir et or, couvert de velours rouge sur fond jaune clair, appliqué sur une peluche verdâtre.

97 — Douze fauteuils de style Louis XV et Louis XVI, variés de dimensions et couverts de diverses étoffes. Ce lot sera divisé.

98 — Commode Louis XV, à trois rangs de tiroirs en bois de placage, garnie d'ornements en bronze; dessus de marbre.

99 — Deux torchères formées de négrillons debout en bois peint en noir et rehaussé de dorure.

100 — Deux colonnes torses peintes en noir et branches de vigne dorées.

101 — Petite armoire à portes vitrées et marqueterie de bois de rose.

102 — Deux grands fauteuils de style Louis XV, en bois doré, l'un d'eux couvert en tapisserie à la main, et l'autre de broderies appliquées.

103 — Pendule du temps de Louis XIV, en marqueterie d'écaille et cuivre, garnie de bronzes dorés, ornée aux angles de cariatides et supportée par quatre chevaux couchés.

ÉTOFFES

104 — Lot de bandes brodées à fleurs et ornements. Époque Louis XIII.

105 — Morceau d'étoffe à fond rosé à fleurs brochées en soie de couleurs.

106 — Petit châle en soie jaune à fleurs brodées en soies de
couleurs.

107 — Garniture de lit en satin blanc à feuillages verts et
fleurs de couleurs brodés.

108 — Tapisserie verdure à encadrement de fruits.

109 — Belle bande de chasuble du xvie siècle en velours
rouge brodé à rinceaux et palmettes et enrichie de médaillons de saints personnages ; le tout en soies de couleurs et or.

110 — Bande transversale et morceau en hauteur en
velours rouge brodée en or et en argent à vases et
rinceaux du xvie siècle.

111 — Deux figures de saints personnages brodés en soie
de couleurs et or ; xvie siècle.

112 — Bande de chasuble brodée en soies de couleurs et
or, à médaillons et ornements ; xvie siècle.

113 — Bande de chasuble brodée en soie de couleurs et or
sur fond de satin blanc. xvie siècle.

114 — Trois petites bandes de velours rouge brodées en
soies de couleurs et or à têtes de chérubins et rinceaux ;
xvie siècle.

115 — Chaperon et petit morceau de velours rouge brodé
à ornements.

116 — Bande de chasuble brodée à personnages en soies
de couleurs et or; XVIᵉ siècle.

117 — Belle bande de même travail, mais plus large.

118 — Bandeau de velours rouge brodé à rinceaux et attri-
buts de la Passion; XVIᵉ siècle.

119 — Autre bandeau décoré d'applications en soies de
couleurs et or sur fond en velours rouge.

120 — Divers morceaux d'étoffe brodée ou décorée d'applications.

121 — Grande portière orientale en soie brodée à personnages.

RED. :

19

0 1 2 3 4 5 6 7 8 9 10
MIRE ISO N° 1
NF Z 43-007
AFNOR
Cedex 7 - 92080 PARIS-LA-DÉFENSE
graphicom